COLLECTION POÉSIE

Haiku

Anthologie du poème court japonais

Présentation, choix et traduction
de Corinne Atlan et Zéno Bianu

nrf

GALLIMARD

LE SUBLIME
AU RAS DE L'EXPÉRIENCE

Pourquoi aimons-nous le haiku ?

Sans doute pour l'acquiescement qu'il suscite en nous, entre émerveillement et mystère. Le temps d'un souffle (un haiku, selon la règle, ne doit pas être plus long qu'une respiration), le poème coïncide tout à coup avec notre exacte intimité, provoquant le plus subtil des séismes.

Sans doute, aussi, parce qu'il nous déroute, parce qu'il nous sort de notre pli, déchirant une taie sur notre regard, rappelant que la création a lieu à chaque instant. « Salve contre l'habitude », disait justement Henri Pichette à propos de la poésie — « ravissement soudain dans l'imprévisible », répondraient les haikistes qui traquent l'inconnu au cœur du familier.

Peut-être, enfin, parce qu'il sait pincer le cœur avec légèreté. *Rien de pesant, rien de solennel, rien de convenu. Juste un tressaillement complice. Une savante simplicité. L'éclosion spontanée d'une fleur de sens.*

Une nuit au temple —
la lune
au plus clair de mon visage

Bashô

Lisons. Écoutons cette façon inimitable de faire sourdre l'invisible. Comme une perception accélérée *de l'instant. Comme si la nature, tout soudain, prenait la parole à la place de l'homme, telle une extension de lui-même et de ses émotions. Le poète contemple la lune (ou serait-ce l'inverse ?) — leurs visages se reflètent jusqu'à se confondre. Voici le monde offert pour ce qu'il est : un espace où s'entretissent infiniment tristesse et beauté.*

Selon Bashô, un poème achevé doit révéler — dans le même temps — l'immuable, l'éternité qui nous déborde (fueki) *et le fugitif, l'éphémère qui nous traverse* (ryûko). *Le haiku tremble et scintille alors comme un instant-poème, une étincelle jaillie de la confrontation permanente entre le présent et l'éternité, un minuscule aérolithe de modestie à l'échelle du cosmos. Il suspend, comme en se jouant, la raison discursive qui nous tient lieu de béquille — avec une ambition souveraine : dire la réalité telle qu'elle est, tracer le territoire d'un aiguisement* apaisé *des formes et des sensations.*

Devant l'éclair —
sublime est celui
qui ne sait rien !

Bashô

Le haikiste semble photographier, enregistrer (André Breton, dans le Premier Manifeste du surréalisme, *n'appelait-il pas les poètes à être des « appareils enregistreurs » ?) un simple rien, mais dont l'éclat irradierait sans trêve. Il ne conçoit pas, il découvre. Il met la focale au point sur ce qui est là, maintenant, inépuisable dans l'éphémère — non pas une essence, mais une dynamique, une énergie. Loin d'être asservi par un quelconque point de vue, il cherche un point de* vision *— un nouvel angle. Qui sait, au fond, si le monde vu par un papillon n'est pas plus réel que le nôtre, semble-t-il demander avec insistance, en écho à la célèbre méditation de Tchouang-tseu*[1] *? Papillons, libellules, puces, mouches, lucioles, escargots, vers de terre — cette attention portée à l'infime, cette tendresse envers le monde et toutes les créatures vivantes, principe bouddhique s'il en est, participe aussi d'un souci constant du détail, caractéristique de l'art japonais. Combien de scènes observées, tant en peinture qu'en littérature, comme à travers une haie, ou magnifiées par quelque zoom ? L'attention se centre sur un ou deux détails à même de dire la totalité d'un ensemble — la partie devient le tout. Des perspectives éclairantes s'organisent, premier plan et arrière-plan dessinent la géographie illuminatrice du haiku*[2].

1. Questionnant le peu de réalité de la « réalité », Tchouang-tseu s'interroge en abyme : « ai-je rêvé d'un papillon, ou suis-je le rêve d'un papillon — à moins que le papillon n'ait rêvé de moi qui rêvais de lui, ou aurais-je rêvé d'un papillon qui rêvait de moi rêvant d'un papillon ? »

2. Dans un passage de *Pays de neige,* Kawabata met en résonance une abeille agonisante et la Voie lactée, décrite comme une écharpe

Les montagnes au loin —
reflet dans les prunelles
d'une libellule

Buson

Car il s'agit, encore et toujours, de faire corps avec ce qui est — en gardant, selon la formule, « l'esprit comme un miroir ». De saisir-restituer, comme dans un même temps[1]*, ces instants où le monde fait signe :*

Nuit sans fin —
je pense
à ce qui viendra dans dix mille ans

Shiki

Sans nul doute, tout haikiste pourrait faire sienne cette définition de Leang-Kiai de Tong-chan, poète de l'époque des T'ang : « On appelle phrase morte une phrase dont le langage est encore du langage : une phrase vivante est celle dont le langage n'est plus langage. » Art

---

sans fin enserrant la terre d'une étreinte pure, indéchiffrable. Il s'agit bien pour l'être humain, à la fois « ici-bas » et « au-delà », de prendre place *simultanément* au cœur de deux mondes.

1. Non que le haiku, à l'instar de tout poème, ne puisse être l'objet d'un re-travail, d'un cisèlement littéraire. Mais ce qui, à nos yeux, forme sa quintessence, c'est ce vœu, ce souci de dire la réalité à partir d'une expérience directe — cette *immédiateté* minimale. Justesse de perception et justesse d'écriture participent ici d'un même acte. Expérience originelle (recevoir) et poème final (exprimer) sont ontologiquement inséparables.

de l'ellipse et du bref, le haiku se tient à l'évidence du côté de la « phrase vivante », mais il procède par retranchement, par soustraction — par dépouillement. Habité par une exigence d'expression absolue, il dénude la langue jusqu'à sa moelle. Pour révéler sans discourir. Débordant les mots par les mots, leur faisant dire ce qu'ils ne semblent pouvoir dire, il gambade toujours aux limites du langage. Et s'il apparaît comme l'expression vraie d'un vrai vertige, c'est sans doute parce qu'il s'attache à ciseler sans fin cette pure aporie : mettre en mots le silence.

Un monde
qui souffre
sous un manteau de fleurs

Issa

Brièveté, disions-nous. De par ses limites mêmes, le haiku s'accorde aux confins. C'est dans sa rétention que la forme de poésie la plus dense de l'histoire trouve son amplitude. Son humilité — sa compassion — fait toute sa force. Ses quelques syllabes ouvrent un espace de naissance infinie que la lecture échoue à épuiser. Un espace de pure intensité mentale. Il faut dire que le lecteur est convoqué au plus vif, au plus vrai de sa palette sensible, pour « compléter » le poème. Le faire résonner. Comme si la métaphore cédait ici le pas à la résonance — onde d'un galet de sens ricochant sur les eaux du silence.

Au sein d'un jeu constant entre contraction et expan-

sion, entre finitude et infinitude, entre systole et diastole, poète et lecteur partagent et embrassent un même espace. Au travail de contraction du poète — à sa qualité de présence vigilante (« créer de la fraîcheur », précise Kawahigashi Hekigotô, l'un des maîtres modernes du genre), concentrant, condensant tout le réel en un seul et unique instemps *— fait écho la perception « expansionnelle » du lecteur, traversé tout à coup par un chatoiement polyphonique, une sorte de moment-haiku, où il se retrouvera* partie prenante. *Dans un singulier échange écopoétique, expérience d'écriture et expérience de lecture ne sont plus séparables. Il y a là, au sens le plus fort, partage d'un* état d'esprit[1].

Ainsi les haikus les plus accomplis peuvent-ils être lus encore et encore, dans une sorte d'exaltation toujours neuve. Ils éveillent à une attente — à une résorption rafraîchissante. Et l'on peut légitimement songer ici à certain foudroyant raccourci de Malcolm de Chazal :

Tu es riche ?
J'ai tout.
Je ne me possède plus.

De tels poèmes ne comblent rien — surtout pas un sujet ou un ego —, ils ouvrent, continûment. Ils n'enten-

1. Ce dialogue est l'esprit même du haiku originel (voir « Petite histoire du haiku », p. 207). Un plasticien contemporain tel que Akira Arita montre au mieux la persistance de ce lien singulier unissant artiste et spectateur, lorsqu'il affirme que « la notion de finir ou d'achever un tableau n'existe pas », et qu'il laisse cette possibilité et cette responsabilité au spectateur en « posant son pinceau ».

dent pas flétrir les choses en les fixant, mais les effleurer (les faire affleurer) dans une interrogation juvénile — les laisser flotter dans un continuum vibrant. Pour le lecteur saisi, ils forment le lieu d'une fraternité avec la saveur du monde, d'un consentement lumineux à ce qui est :

Prépare-toi à la mort
prépare-toi
bruissent les cerisiers en fleurs

Issa

Poèmes un peu plus que poèmes — ou un peu moins (Barthes les situait au « bord antérieur du langage ») —, ils voudraient creuser en nous, par le truchement d'un lyrisme ramassé, *un sentiment du monde comme miracle. Un sentiment d'ouverture à l'insondabilité des choses que semble avoir peu ou prou oublié l'héritage philosophique occidental, gouverné d'ordinaire par un esprit de distance vis-à-vis de la réalité.*

Si le haiku est un exercice spirituel, c'est au sens où il approfondit le spiritus, *c'est-à-dire le souffle, du monde en nous. Il ne célèbre rien d'autre que le charivari du vivant, sans jamais s'interdire ni l'impertinence ni l'espièglerie — fût-ce dans la peine et la souffrance.*

Cœur
blanchi par la pluie
carcasse battue par les vents !

Bashô

L'être est voué à se défaire corps et âme, à se fondre dans le vide : nous sommes les jouets (plus ou moins lucides) de ces éléments déchaînés, nous sommes cette plaine désolée où blanchissent déjà nos os. Il n'est rien, jusque dans la plus extrême dissonance, où ne serait l'infini. L'éveil ? Une limpide immédiateté, sans la moindre grandiloquence. Une immanence prête à bruire dans les lieux les plus communs. Sauf qu'il n'est plus ici aucun lieu commun. Comme si chaque chose dans sa dimension fugitive dévoilait l'économie ultime de la nature.

Sur la pointe d'une herbe
devant l'infini du ciel
une fourmi

Hôsai

Le haiku propose un art de vivre les phosphènes du monde et du temps, une écoute de toutes les formes de coïncidence. *Il plaide à sa manière pour un esprit désoccupé, un esprit qui se laisse habiter. Il met en scène un je-monde à la fois totalement impliqué et parfaitement désimpliqué, un je-univers, un corps au diapason de l'espace.*

Profond
plus profond encore
dans les montagnes bleues

Santôka

Absorbons ces poèmes qui font écho au souhait rilkien d'« entendre chanter les choses ». Des poèmes-lâcher-prise, écrits par des fous de poésie. Ils n'imposent rien, ils offrent, ils tendent, ils éclosent. Il disent une « reconnaissance » — ce serait ici le sens profond du mot « satori ». Il sont une « folle sagesse » mise en poésie.

Un gouverneur vient demander à Yo-chan (745-828) : « Qu'est-ce que la Voie ? »

Après avoir agité un bras vers le haut et puis vers le bas, Yo-chan lui demanda : « Comprenez-vous ?

— Non.

— Les nuages sont dans le ciel et l'eau dans la cruche. »

Rien de plus, rien de moins. Dieu ? L'intérieur d'un vent bleu, la maigreur d'une femme en été, un crapaud qui exhale un nuage, une pivoine qui explose. Une onde, un flux, un abandon.

Imaginez un univers enfin désentravé, dégrippé. Comme un terrain de jeu infini. Une facétie, révélée dans toute sa nudité cocasse. Pour ce faire, un Bashô, un Issa ne manquent jamais de pratiquer la « folie poétique » (fukyo), *errance libertaire des gestes et du regard. Leurs poèmes témoignent toujours d'une confiance illimitée dans l'inattendu — jusqu'à évoquer parfois la profondeur désopilante d'un Groucho Marx.*

Par un pet de cheval
éveillé
j'ai vu des lucioles voler

Issa

Le haiku n'oublie jamais la danse frémissante de la partie et du tout. Œuvrant à un réenchantement généralisé, il remercie la vie, partout où elle s'improvise — de commencement en commencement. Suggérant, sollicitant — des vers luisants aux comètes, du grain de riz à la galaxie — une solidarité universelle du vivant, malgré la mort, malgré la souffrance. Il y a là, entre intuition et attention, un sentiment d'appartenance à la totalité sensible. Une esthétique qui est toujours une éthique — une éthique de l'amour ultime.

Corinne Atlan et Zéno Bianu

NOTE SUR L'ANTHOLOGIE

Floraison spontanée d'une évidence, le haiku se découpe d'ordinaire sur la toile de fond d'un mot-saison (*kigo*). Ce mot-clé marque l'importance que les Japonais accordent aux *circonstances*, toujours uniques, jamais dues au seul hasard, mais bien à un lien prédestiné qui unit les êtres et les choses, et duquel découle une attention et un respect particulier envers *l'autre*, perçu comme le miroir de nous-même. En ce sens, le haiku s'offre toujours comme une salutation (*aisatsu*), un hommage au moment présent.

Du haiku, en fait, le mot-saison est comme le blason, la signature, qui lui permet de s'accorder, de s'intégrer en profondeur au mouvement même de la nature — et qui dit au plus juste l'essentielle complicité du poème avec le rythme du temps. La signature, et le corps d'assise. En contrepoint à l'émotion *fugitive* du haiku, le kigo marque le *durable* de l'univers. On compte ainsi, accumulés au fil des siècles dans des almanachs poétiques (*saïjiki*), quelques milliers d'expressions ou de mots-saison, à partir desquels les haikistes façonnent leurs poèmes. Ces recueils, ces glossaires répertorient scrupuleusement tous les mots exprimant l'essence — le « parfum » — de la saison et les classent selon plusieurs catégories évocatrices : les moments de la saison, les phénomènes du ciel, le paysage, les activités humaines, la faune et la flore.

Volonté d'ordonnancement du monde, souci d'*exactitude esthétique*, qui apparaissent comme une constante spécifique, intime du génie japonais. Sei Shônagon ouvre ainsi, à la fin du xe siècle, ses fameuses *Notes de chevet* : « Au printemps c'est l'aurore que je préfère. La cime des monts devient peu à peu distincte et s'éclaire faiblement. Des nuages violacés s'allongent en minces traînées. En été c'est la nuit. J'admire naturellement le clair de lune ; mais j'aime aussi l'obscurité où volent en se croisant les lucioles. Même s'il pleut la nuit d'été me charme. En automne, c'est le soir. [...] En hiver, j'aime le matin de très bonne heure[1]. »

Comme s'il fallait un moment précis pour chaque chose, pour chaque geste, pour chaque pensée. Pour aiguiser la sensation, affiner le regard, ajuster la perception. Comme si, en un paradoxe qui n'est qu'apparent, la plus extrême minutie apportée à la codification des instants du monde devenait le gage d'une vraie liberté.

Aussi, ancrée sur ce terreau poétique éprouvé et s'inspirant des almanachs classiques, notre anthologie

1. Gallimard/Unesco, coll. « Connaissance de l'Orient », 1966, p. 25.

suit-elle le cours des saisons [1] ; et, à l'intérieur de chaque saison, s'attache-t-elle à décliner les moments-témoins d'une « émotion saisonnière » en des espaces révélateurs : passages de la saison ; inventaire des cieux ; célébration du paysage ; des hommes et des bêtes ; le grand herbier. Selon cette perspective tout en résonance, chaque haiku s'inscrit dans un immense collier de poèmes reliés les uns aux autres par le fil des mots-saison. Perle vivante et champ d'énergie.

Si le kigo, en ce qu'il signe le lien de l'homme à l'univers et à la nature, reste encore pour nombre d'adeptes un élément fondamental du haiku, il n'est plus, toutefois, la seule porte ouvrant sur l'éternité. Notre anthologie réserve ainsi un espace « hors saison » aux haikistes contemporains, soucieux de créer une esthétique *moderne* de l'instantané.

Comment restituer en français une poésie fondée sur l'imprécision et l'ambiguïté — en même temps

1. Dans l'ancien calendrier lunaire, les saisons se divisaient à peu près ainsi :

printemps : 4 février-5 mai
été : 6 mai-7 août
automne : 8 août-6 novembre
hiver : 7 novembre-3 février.

L'adoption du calendrier solaire en 1872 a provoqué une certaine confusion dans la classification des mots-saison. Nous avons parfois opté pour un « recadrage » correspondant à l'imaginaire occidental de la saison ; ainsi avons-nous gardé le *kigo* « feuilles mortes » (*kareha*) en automne, alors que les haikistes japonais le classent d'ordinaire en hiver. Pour les mêmes raisons, nous avons inclus les haikus du nouvel an en hiver, bien qu'ils figurent au début du printemps dans certains almanachs.

que sur la concision — dans le canevas d'un rythme imposé ? Comment traduire — sans la réduire — la poésie d'une langue où les adjectifs se conjuguent, où les verbes n'ont nul besoin de sujet, où les noms, délivrés de fioritures telles que genre ou nombre, se présentent sous la forme de dessins ?

La graphie japonaise — alliant idéogrammes et syllabaire phonétique — favorise l'extrême densité du haiku. Là où l'écriture linéaire de l'Occident semble donner d'emblée un socle cartésien à la description de la réalité, la densité fulgurante de l'idéogramme se prête plus facilement à l'« expression de l'inexprimable », à la transmission d'un espace que ne saurait saisir la seule pensée discursive.

En outre, la structure même de la langue favorise l'ambiguïté. Le japonais offre un vocabulaire des plus riches, à la fois flou et extrêmement nuancé. Il décline le monde avec autant de subtilité que le français — mais sur un mode plus énigmatique. Ici, un vocable recouvre souvent un éventail de notions que d'autres mots traversent. Incertaine, la frontière délimitant les territoires de sens dévoile tout un champ d'associations. Ambiguïté permanente qui déploie l'étendue de ses facettes dans le haiku, jusqu'à en faire parfois un véritable « langage crépusculaire », lequel n'est pas sans évoquer la *sandhya-bhasa* (« langue du paradoxe ») chère au bouddhisme médiéval indien : les mots sont alors détournés de leur rôle en vue de dire un au-delà (ou un en-deçà) d'eux-mêmes, de cerner une conscience globale antérieure à toute conceptualisation, y compris celle du langage.

Au clair de lune
je laisse ma barque
pour entrer dans le ciel

Koda Rohan

La grammaire particulière du haiku nourrit encore d'autres ambivalences. Ainsi, le « collage » de plusieurs idéogrammes — dont la fonction grammaticale reste « flottante » — ouvre la porte à plusieurs sens, révélant du même coup une palette d'interprétations. Les sens se chevauchent, se complètent, se démultiplient — trivial et spirituel s'entrecroisent. Le flou sémantique accroît l'exactitude poétique.

Un seul et même mot, *uta,* désigne en japonais la poésie et le chant. Et c'est à voix haute, comme un chant, que le haiku se lit. Aussi avons-nous eu pour souci constant de préserver ce chant si particulier, son ouverture, son pouvoir de suggestion — pointant vers ce « flou irisé de ressources[1] » qu'évoque Claude Roy à propos du chinois. Traduire ici, c'est faire « œuvre originale de poésie » — comme le rappelle justement Ungaretti. Dire, plus que jamais, que l'étrangeté est toujours partageable. Poésie pour poésie. Souffle pour souffle. Parti pris du poème.

C.A. et Z.B.

1. « Le vain travail de traduire la poésie chinoise », in *Change* n° 19, *La traduction en jeu,* Seghers, 1974, p. 166.

PRINTEMPS

Ce printemps dans ma cabane —
absolument rien
absolument tout !

Yamaguchi Sodô

Le printemps s'annonce
j'ai quarante-trois ans [1] —
toujours là devant mon riz blanc

Kobayashi Issa

Je me lave les pieds —
le baquet coule
comme le printemps !

Yosa Buson

Premier printemps —
la pluie perle
sur les branches encore nues

Takahama Kyoshi

Un sachet de simples
sur mon lit de malade —
le printemps renaît

Masaoka Shiki

La solitude
le froid du printemps
rien d'autre

Uemura Sengyo

Matin de printemps —
mon ombre aussi
déborde de vie !

Kobayashi Issa

Ce matin
le soleil a jailli
d'une tête de sardine[1]

Yosa Buson

Jour de printemps —
une seule flaque
retient le couchant

Kobayashi Issa

Chaleur de printemps —
cette odeur de cheveux
dans l'ascenseur !

Imazumi Ugai

Sur le sable du rivage
à chaque trace de pas
le printemps s'allonge

Masaoka Shiki

Seul
je polis mes poèmes
dans le jour qui s'attarde[1]

Takahama Kyoshi

Pas de pont —
le jour se couche
dans les eaux du printemps

Yosa Buson

Au long de la rivière
je n'ai vu aucun pont —
ce jour est sans fin

Masaoka Shiki

On vieillit —
même la longueur du jour
est source de larmes

Kobayashi Issa

Barque et rivage
se répondent
dans la longueur du jour

Masaoka Shiki

Soir de printemps —
de bougie en bougie
la flamme se transmet [1]

Yosa Buson

Douceur du printemps —
aux confins des choses
la couleur du ciel

Iida Dakotsu

Dans les monts d'avril
cadavres ensevelis —
vanité !

Takahama Kyoshi

Le printemps qui s'éloigne
hésite
parmi les derniers cerisiers

Yosa Buson

Le printemps file —
parmi l'armoise
des os humains

Seifu-ni

Au printemps qui s'en va
les oiseaux crient —
les yeux des poissons en larmes

Matsuo Bashô

À la lune du soir
le cri de la loutre
offre des poissons

Yoshida Tôyô

L'âge de la lune ?
je dirais treize ans —
à peu près !

Kobayashi Issa

Voile de lune —
une grenouille
trouble l'eau et le ciel

Yosa Buson

En aval
le bruit d'un filet qu'on jette
sous la lune voilée

Tan Taigi

Sous un voile de lune
ombre de fleur
ombre de femme !

Natsume Sôseki

Jour de brume —
les nymphes du ciel
auraient-elles le vague à l'âme ?

Kobayashi Issa

Sur le gazon
languissamment retombe
la brume de chaleur

Natsume Sôseki

Dans la brume de printemps
le vol blanc
d'un insecte au nom inconnu

Yosa Buson

Dans les brumes de chaleur
quelques trous laissés
par le bâton allé au temple

Kobayashi Issa

Douceur de la brise —
dans le vert de mille collines
un temple isolé

Masaoka Shiki

Pluie de printemps —
au portail
le canard clopine

Kobayashi Issa

À la surface de l'eau
des sillons de soie —
pluie de printemps

Ryôkan

Pluie de printemps —
l'étang et la rivière
se rejoignent

Yosa Buson

Sur l'épaule
du grand Bouddha
la neige a fondu

Masaoka Shiki

Au pied de la montagne
sous un soleil bienveillant
une rangée de tombes

Taneda Santôka

Foulant la verdure
je foule
un banc de nuages

Kawabata Bôsha

Sifflotant sans cesse
ce matin
dans le bois qui bleuit

Ozaki Hôsai

Marée de printemps —
dans tout mon corps
la sirène du bateau

Yamaguchi Seishi

Du fleuriste
le bruit des ciseaux —
je fais la grasse matinée

Ozaki Hôsai

Retombé au sol
le cerf-volant
a égaré son âme

Kubota Kuhonta

Le fil du cerf-volant —
dans le ciel il se noie
sur le doigt il se voit

Yamaguchi Seishi

On laboure les champs —
même le nuage immobile
s'en est allé

Yosa Buson

D'une voix jaune
le rossignol
appelle ses parents

Kobayashi Issa

Ce jour si long —
trop court encore
pour le chant de l'alouette !

Matsuo Bashô

Une alouette s'élève —
je respire la brume
je marche sur les nuages !

Masaoka Shiki

J'éternue —
et je ne vois plus
l'alouette !

Yokoi Yayû

Une alouette s'élève —
mes intestins
vieillissent les premiers

Nagata Kôi

Dans le champ de colza
les moineaux font mine
de contempler les fleurs

Matsuo Bashô

Nuées d'oies sauvages —
le champ devant ma porte
semble s'éloigner

Yosa Buson

Le champ immense —
d'un cri
le faisan l'engloutit !

Sakai Yamei

Le faisan crie
les nuages fuient —
la montagne apparaît !

Masaoka Shiki

Le couchant du printemps
marche
sur la queue du faisan

Yosa Buson

De la narine du grand Bouddha
jaillit
une hirondelle

Kobayashi Issa

Sur l'image sainte
elle lâche une fiente —
l'hirondelle !

Yosa Buson

Soir d'hirondelles —
demain encore
je n'aurai rien à faire

Kobayashi Issa

Mon cœur bat
comme une houle
d'hirondelles

Yotsuya Ryû

Enamouré
le chat oublie le riz
qui colle à ses moustaches

Tan Taigi

Panique —
l'escalier s'effondre
sous les amours des chats

Masaoka Shiki

À l'ombre des montagnes
ils remontent vers les glaces —
les poissons couleur de vent

Hara Yutaka

Mille petits poissons blancs —
comme si frétillait
la couleur de l'eau

Konishi Raizan

Pour le mont Fuji
elles coassent
les grenouilles aux culs alignés

Kobayashi Issa

Sans souci
elle contemple la montagne —
la grenouille

Kobayashi Issa

Vieil étang —
au plongeon d'une grenouille
l'eau se brise

Matsuo Bashô

À force de fluidité
elle flotte —
la grenouille !

Naitô Jôsô

Me contemplant
elle se renfrogne —
la grenouille !

Kobayashi Issa

Autour de ma cabane
les grenouilles rabâchent —
tu vieillis tu vieillis

Kobayashi Issa

Soleil couchant —
la grenouille aussi
est en larmes

Kobayashi Issa

Papillon voltige
dans un monde
sans espoir

Kobayashi Issa

Une journée sans un mot —
j'ai montré
l'ombre d'un papillon

Ozaki Hôsai

Il s'élève au plus haut
le grand papillon
aux ailes somnolentes

Nagata Kôi

Au nectar d'orchidée
le papillon
parfume ses ailes

Matsuo Bashô

Sur les fleurs tressées
du cercueil —
un papillon

Naitô Meisetsu

Valsent les papillons —
je parle
avec les morts

Yokoyama Hakkô

Papillon qui bats des ailes
je suis comme toi —
poussière d'être !

Kobayashi Issa

Couvert de papillons
l'arbre mort
est en fleurs !

Kobayashi Issa

Si loin
le pays natal —
les arbres bourgeonnent

Taneda Santôka

À l'entrée du jardin
fleurit le blanc
d'un camélia

Ueshima Onitsura

Un seul bruit
au clair de lune —
la chute des camélias blancs

Takakuwa Rankô

Un bruit —
on creuse une fosse
derrière les camélias

Kakimoto Tae

En secret
le camélia devine
la présence du prunier

Hayashibara Raisei

Sur mon chapeau de jonc
plop !
c'était un camélia

Taneda Santôka

Elle tombe
la fleur de camélia
au plus noir du vieux puits

Yosa Buson

Dans les jeunes herbes
le saule
oublie ses racines

Yosa Buson

Sur le front des falaises
les saules reverdis
dessinent des sourcils

Arakida Moritake

Sur le sentier de montagne
le soleil se lève
au parfum des pruniers

Matsuo Bashô

Aux fleurs de pruniers
je parsème de sardines
la tombe de mon chat

Kobayashi Issa

À chaque fleur de prunier
la chaleur
s'élève !

Hattori Ransetsu

Dans le prunier blanc
la nuit désormais
se change en aube

Yosa Buson

Quand les pruniers fleurissent
les belles du bordel
achètent des ceintures

Yosa Buson

Pluie de nacre
sur les tables —
les pruniers perdent leurs fleurs

Yosa Buson

Braises
sur le crottin —
les fleurs du prunier rouge

Yosa Buson

La mort vient —
on rit dans les pruniers
à gorge déployée

Nagata Kôi

Au frimas des fleurs
le couteau
s'embue de graisse [1]

Kinoshita Yûji

Regard à l'horizon
narines au ciel —
ces fleurs de printemps !

Ueshima Onitsura

Le monde
est devenu
un cerisier en fleurs

Ryôkan

Sous les fleurs de cerisier
grouille et fourmille
l'humanité

Kobayashi Issa

À l'ombre des fleurs de cerisier
il n'est plus
d'étrangers [1]

Kobayashi Issa

Sous les fleurs d'un monde flottant[1]
avec mon riz brun
et mon saké blanc

Matsuo Bashô

Bouche bée
l'enfant regarde tomber les fleurs —
c'est un Bouddha !

Ôtani Kubutsu

Averse de pétales —
je voudrais boire
l'eau des brumes lointaines !

Kobayashi Issa

Enseveli
dans un rêve de fleurs —
je voudrais mourir à l'instant !

Ochi Etsujin

Puisqu'il le faut
entraînons-nous à mourir
à l'ombre des fleurs

Kobayashi Issa

Tous en ce monde
sur la crête d'un enfer
à contempler les fleurs !

Kobayashi Issa

Un monde
qui souffre
sous un manteau de fleurs

Kobayashi Issa

Prépare-toi à la mort
prépare-toi
bruissent les cerisiers en fleurs

Kobayashi Issa

Squelettes
enveloppés de soie
nous contemplons les fleurs

Ueshima Onitsura

Sur la terre comme au ciel
les cerisiers fleurissent —
et moi je tousse

Nomiyama Asuka

Sur la montagne
la lune l'éclaire aussi —
le voleur de fleurs

Kobayashi Issa

La cloche se tait —
les fleurs en écho
parfument le soir !

Matsuo Bashô

Tombent les fleurs de cerisier —
entre les branches
un temple apparaît

Yosa Buson

Au sanctuaire —
sur les pétales de magnolia
des fleurs de cerisier

Ryôkan

Dans le vert qui foisonne
explosent
les fleurs de magnolia

Ryôkan

Le doigt blessé
du maçon
au rouge de l'azalée

Yosa Buson

Miroir
des roses jaunes
la source blondit

Hattori Ransetsu

Fête de printemps —
du fond de l'eau
les herbes m'appellent

Fuyuno Niji

Les chevaux au galop
reniflent leurs jarrets —
un parfum de violettes

Chiyo-ni

On rassemble
les os du mort[1] —
les violettes compatissent

Yosa Buson

Qui déteste ce monde
se doit d'aimer
les fleurs de chardon

Masaoka Shiki

ÉTÉ

Ils contemplent
l'océan de juin —
les Bouddhas au fond du temple

Masaoka Shiki

Une houe dressée
dans le champ vide —
quelle chaleur !

Masaoka Shiki

Cette montagne au loin
où la chaleur du jour
s'en est allée

Ueshima Onitsura

Au plus charnu de mes fesses
les traces
de la natte si fraîche

Kobayashi Issa

Partie de campagne —
l'herbe collée à mes coudes
respire le soleil

Ôsuga Otsuji

Des îles
des pins sur les îles
et le bruit frais du vent

Masaoka Shiki

Fraîcheur du vent —
la voix des pins
emplit le ciel vide

Ueshima Onitsura

Au Bouddha
je montre mes fesses[1] —
la lune est fraîche !

Masaoka Shiki

La lune à minuit —
comme
un bloc de fraîcheur !

Yasuhara Teishitsu

La lampe éteinte
les étoiles fraîches
se glissent par la fenêtre

Natsume Sôseki

Dans l'œil qui regarde
mille ans
de brise fraîche !

Masaoka Shiki

Si frais
le souffle de la cloche —
lorsqu'il quitte la cloche !

Yosa Buson

Dans la fraîcheur
je m'établis —
et je m'endors

Matsuo Bashô

Le grand Bouddha —
sa fraîcheur
inhumaine !

Masaoka Shiki

Rien qui m'appartienne —
sinon la paix du cœur
et la fraîcheur de l'air

Kobayashi Issa

Nuit brève —
la chenille retient
les gouttes de rosée

Yosa Buson

Nuit brève —
la bave des crabes
mousse entre les roseaux

Yosa Buson

Nuit brève —
combien de jours
encore à vivre [1] ?

Masaoka Shiki

Nuit d'été —
le bruit de mes socques
fait vibrer le silence

Matsuo Bashô

Soulevant le store
de l'été qui s'en va
je ne vois rien

Kakimoto Tae

Je m'assoupis
un nuage de canicule
sur les genoux

Kobayashi Issa

Amoureux du ciel d'été
les Bouddhas
s'y rassemblent

Hirose Naoto

Dans le marais asséché
où vit le python
les nuages s'amassent[1]

Masaoka Shiki

Disparaître
au fond de ces ravins
où les nuages s'attroupent !

Iida Dakotsu

Au fond de la jarre
sous la lune d'été
une pieuvre rêve

Matsuo Bashô

Le fil de la canne à pêche
atteint
la lune d'été !

Chiyo-ni

Sur les brisants
la brise bleue
disperse la lune

Ôshima Ryôta

Ce vent bleu d'orient[1] —
on dirait qu'il astique
les montagnes de l'aube !

Aoki Getto

Vent bleu —
dans mon bouillon clair
des pivoines blanches !

Ryôkan

Vent blanc du sud[2] —
derrière tes oreilles
il manque un peu de fard

Hino Sôjô

Le vent violent du soleil[1]
vibre encore
dans la voix du coucou

Kawahigashi Hekigotô

Le vent meurt —
les herbes
s'habillent de deuil

Aioigaki Kajin

Bruine de juin —
le sentier
s'est évanoui !

Yosa Buson

L'averse d'été
tambourine
sur la tête des carpes !

Masaoka Shiki

Sous la pluie d'été
raccourcissent
les pattes du héron

Matsuo Bashô

Nu
sur un cheval nu
à travers l'averse !

Kobayashi Issa

Sous l'imperméable
détrempé par la mousson
une silhouette de femme

Akimoto Fujio

Sous la foudre
un bruit de rosée
coule dans les bambous

Yosa Buson

Foudre et tonnerre !
à chaque éclair
le monde guérit

Kobayashi Issa

Dans ma paume
il n'y a rien —
des éclairs dans la nuit

Saitô Umeko

Devant l'éclair —
sublime est celui
qui ne sait rien[1] !

Matsuo Bashô

Coup de tonnerre
dans le ciel bleu —
éclat du vrai dans l'homme

Katô Shûson

Après le tonnerre
les nuages de la nuit
ont le teint frais

Hara Sekitei

Matin d'été —
la brume vient
en forme de chaussure

Yotsuya Ryû

Solitude —
après le feu d'artifice
une étoile filante

Masaoka Shiki

Nuits de la cinquième lune[1] —
on entend de temps à autre
le pet d'un bambou

Takarai Kikaku

Au doigt de bébé
s'accroche
un arc-en-ciel

Hino Sôjô

Si blancs
les visages
qui regardent l'arc-en-ciel !

Hoshino Tatsuko

Le corps cassé
toujours vivant
je traverse l'été

Sumitaku Kenshin

Anniversaire de la Bombe —
j'essuie mon corps nu
d'un matin sans blessures

Ishida Tôsei

Herbes d'été —
un soldat
fondu et caramélisé

Suzuki Akira

Herbes folles de l'été —
où frémit encore
le rêve des guerriers !

Matsuo Bashô

Dans les hautes herbes d'été
seuls avancent
les bâtons des pèlerins

Ishû

Profond
plus profond encore
dans les montagnes bleues

Taneda Santôka

Pas après pas
dans les montagnes d'été —
soudain la mer!

Kobayashi Issa

Le mendiant —
il porte le ciel et la terre
pour habit d'été

Takarai Kikaku

Avant que je l'avale
l'eau de la source
a bruissé sur mes dents

Matsuo Bashô

C'est la sieste —
je laisse l'eau des montagnes
décortiquer le riz

Kobayashi Issa

Sans souci
sur mon oreiller d'herbes
je me suis absenté

Ryôkan

En ce monde flottant
devenez bonze en chef
et vous ferez la sieste !

Natsume Sôseki

Fraîcheur du soir —
celui-là ignore que la cloche
sonne le glas de sa vie

Kobayashi Issa

Fraîcheur du soir —
celui-là sait que la cloche
sonne le glas de sa vie

Kobayashi Issa

Coupant le chaume
sous les étoiles fanées
ma faux heurte une tombe

Hiramatsu Yoshiko

On aère en été —
sur la perche
le vêtement du mort[1]

Morikawa Kyoroku

Dans l'immensité verte
la dent de bébé
point

Nakamura Kusatao

« C'est la maigreur de l'été »
répond-elle
avant de fondre en larmes

Kitamura Kigin

Nulle trace dans le courant —
où j'ai nagé
avec une femme

Yamaguchi Seishi

Une carpe a bondi —
l'eau s'apaise
le coucou chante

Ikenishi Gonsui

Où le coucou
disparaît —
une île

Matsuo Bashô

Dans le ciel
le coucou et l'alouette
chantent en croix

Mukai Kyorai

La toux rauque
de l'abbé —
le chant du coucou

Yosa Buson

Ah coucou !
agrandis encore
ma solitude !

Matsuo Bashô

La fin de ton chant
coucou
je l'entendrai au Pays des ombres

Anonyme

Puce endiablée —
par ma main
deviens un Bouddha[1] !

Kobayashi Issa

Par cette bouche
qui a croqué une puce
je chante le Bouddha

Kobayashi Issa

Je plains les puces
de ma cabane —
elles vont bientôt maigrir !

Kobayashi Issa

Piqué par les puces —
c'était donc vrai
ce rêve de sabre ?

Takarai Kikaku

Épargne-la
cette mouche qui prie
mains jointes et pieds joints !

Kobayashi Issa

D'un sourire
le Bouddha montre
un moucheron qui pète

Kobayashi Issa

Un être humain
une mouche
dans la chambre vaste

Kobayashi Issa

Le monde va bien —
une autre mouche
se pose sur le riz

Kobayashi Issa

Tuant une mouche
j'ai blessé
une fleur

Kobayashi Issa

Écrasant une mouche
je voudrais
les tuer toutes !

Natsume Seibi

À l'égal du Bouddha
je me laisse boulotter
par les moustiques d'équinoxe !

Ôtomo Oemaru

Deux seins
superbes —
et un moustique !

Ozaki Hôsai

Frappé
le poisson de bois
crache les moustiques de midi [1]

Natsume Sôseki

Dans le vieux puits
un poisson gobe un moustique —
l'eau fait un bruit noir

Yosa Buson

J'ai jeté
la cétoine
au plus profond de l'ombre

Takahama Kyoshi

Envolée
la première luciole —
du vent dans ma main !

Kobayashi Issa

Par un pet de cheval
éveillé
j'ai vu des lucioles voler

Kobayashi Issa

Poursuivie
la luciole s'abrite
dans un rayon de lune

Ôshima Ryôta

À qui la poursuit
la luciole
offre sa lumière !

Ôtomo Oemaru

Sur ma manche
elle reprend son souffle —
la luciole en fuite

Kobayashi Issa

Une cage de lucioles
pour l'enfant malade —
solitude !

Ôshima Ryôta

Sous la moustiquaire
elle sommeille
au milieu des lucioles

Masaoka Shiki

Lucioles lucioles !
dans la rivière
les ténèbres coulent

Chiyo-ni

L'eau devient cristal
les lucioles s'éteignent —
rien n'existe [1]

Chiyo-ni

Collée
sur le loup —
une luciole !

Kaneko Tôta

Celui qui tue
c'est peut-être moi —
vol de lucioles !

Maeda Fura

Empli
de ténèbres
je chasse les lucioles

Kawahara Biwao

Sur la pointe d'une herbe
devant l'infini du ciel
une fourmi

Ozaki Hôsai

Silence d'après-midi —
seule une terre calcinée
que labourent les fourmis

Nakadai Shunrei

Sur la terre
rampe la première cigale
dans le matin humide

Naitô Meisetsu

Sur un seul arbre
dans la plaine immense
les cigales s'attroupent

Masaoka Shiki

Le cri des cigales
vrille la roche —
quel silence !

Matsuo Bashô

Les cigales vont mourir —
mais leur cri
n'en dit rien

Matsuo Bashô

Je souffre —
le cri des cigales
monte des jours lointains

Sumitaku Kenshin

Devant la maison vide
une cigale crépite
au dernier soleil[1]

Masaoka Shiki

À la tombée du soir
un crapaud
vomit la lune !

Masaoka Shiki

Une porte en fagots —
en guise de serrure
un escargot !

Kobayashi Issa

La spirale de sa coquille
peu à peu s'accélère —
l'escargot !

Yamaguchi Seishi

Sous la lune du soir
l'escargot
torse nu

Kobayashi Issa

Grimpe en douceur
petit escargot —
tu es sur le Fuji !

Kobayashi Issa

À ta façon
colimaçon
puisses-tu devenir un Bouddha !

Kobayashi Issa

Ils me transpercent encore —
les yeux que le serpent
a laissés dans l'herbe !

Takahama Kyoshi

Nulle trace
de celui qui a pénétré
dans le bois d'été

Masaoka Shiki

Il rêve
le vieux pin —
il n'est pas encore un Bouddha !

Kobayashi Issa

Fourmis-lions —
seul le souffle du vent
dans les pins

Takano Sujû

Elles s'épanouissent
les fleurs de paulownia —
si loin de notre monde !

Kono Nankei

Sur cent lieues à la ronde
les pivoines
repoussent les nuages de pluie

Yosa Buson

Ma coupe de saké —
je la dépose un instant
au cœur des pivoines

Kobayashi Issa

Elle s'ouvre
et crache un arc-en-ciel —
la pivoine !

Yosa Buson

Près de la chandelle
une pivoine
en silence

Morikawa Kyoroku

J'ai coupé
les pivoines —
le jardin est vide

Takahama Kyoshi

S'ils se referment au matin
les volubilis —
c'est par haine des hommes !

Chiyo-ni

Herbes d'iris
accrochées à mes pieds —
lacets pour mes sandales !

Matsuo Bashô

Éveillée
de ce rêve
je verrai le violet des iris[1]

Ogawa Shûshiki

Du violet des nuages
au mauve des iris
ma pensée va sans cesse[2]

Chiyo-ni

Ciel de nuit sans limites —
roses étoiles et camarades
attendent le matin

Furusawa Taiho

Le serpent s'est enfui
la montagne se tait
les lys se figent

Masaoka Shiki

Le lys de montagne —
son pollen monte
en m'imprégnant les seins

Iijima Haruko

Lys
dressé dans un vase —
petit frère du tonnerre !

Yotsuya Ryû

Du cœur des belles-de-nuit
émerge
le maître

Miura Chora

Des belles-de-nuit
la jeune vierge
se fait un mouchoir

Kobayashi Issa

Le paradis ?
une femme
un lotus rouge

Masaoka Shiki

Il songe à décapiter
les lotus blancs
l'honorable bonze

Yosa Buson

Dans mon dos passe un train —
j'arrache les mauvaises herbes
sans lever la tête

Ozaki Hôsai

J'arrache une herbe —
sa profondeur
sa blancheur me font mal

Kawahigashi Hekigotô

Sur l'œillet
un papillon blanc —
ou une âme égarée

Masaoka Shiki

Vivants
tout simplement —
moi et le coquelicot !

Kobayashi Issa

Un coquelicot à la main
je traverse
la foule

Kobayashi Issa

AUTOMNE

J'ai tué une araignée —
solitude
de la nuit froide

Masaoka Shiki

« Les latrines sont par là »
dit le cheval
dans le froid de la nuit

Kobayashi Issa

L'automne vient —
le chiot qui ne le sait pas
est un Bouddha

Kobayashi Issa

L'automne ce matin —
un crabe mort
sous mon pied

Masaoka Shiki

Ce matin c'est l'automne —
à dire ces mots
je me sens vieillir

Kobayashi Issa

Ce matin l'automne —
dans le miroir
le visage de mon père

Murakami Kijô

Pour celui qui part
pour celui qui reste —
deux automnes

Yosa Buson

Sur la branche écorchée
du couchant
un corbeau s'est perché

Matsuo Bashô

Ce chemin —
seule la pénombre d'automne
l'emprunte encore

Matsuo Bashô

Automne par tous les chemins —
derrière moi
quelqu'un vient

Yosa Buson

Lui un mot
moi un mot —
au vif de l'automne

Takahama Kyoshi

Passant le portail
je suis un homme qui va
dans le couchant d'automne

Yosa Buson

Couchant d'automne —
la solitude aussi
est une joie

Yosa Buson

Ce couchant d'automne —
on dirait
le Pays des ombres

Matsuo Bashô

Grondent
les tambours de guerre
jusqu'à meurtrir
la chair de l'automne[1]

Takayanagi Shigenobu

Il songe le singe
à longueur de nuit —
comment saisir la lune[1] ?

Masaoka Shiki

La nuit est sans fin —
je pense
à ce qui viendra dans dix mille ans

Masaoka Shiki

Sur la montagne en herbes
on lâche les chevaux
dans le ciel d'automne

Natsume Sôseki

La Voie lactée
le champ de patates
les hérons blancs[1] !

Masaoka Shiki

Sources thermales —
la Voie lactée
sur les corps nus

Masaoka Shiki

Minuit passé —
la Voie lactée
s'incline sur un bambou

Masaoka Shiki

Adieu —
au-delà du brouillard
un brouillard plus profond

Mitsuhashi Takajo

Je quitte le temple zen —
j'entre
dans la nuit étoilée !

Masaoka Shiki

Toute la nuit
sous la lune ronde
à faire le tour de l'étang

Matsuo Bashô

Éclipse de lune —
je regrette
ce haiku qui m'échappe

Kimura Toshio

Fût-ce en mille éclats
elle est toujours là —
la lune dans l'eau !

Ueda Chôshû

Au milieu de la casserole
parmi les patates —
le clair de lune !

Morikawa Kyoroku

La lune de ce soir —
impensable
qu'elle soit la seule !

Ôshima Ryôta

Cueillant des champignons
je lève la tête —
la lune est sur la cime

Yosa Buson

Suspendre la lune au pin —
la décrocher
pour mieux la contempler !

Tachibana Hokushi

Aux admirateurs de lune
les nuages parfois
offrent une pause

Matsuo Bashô

Une nuit au temple —
la lune
au plus clair de mon visage

Matsuo Bashô

À l'automne de ma vie —
la lune est sans tache
et pourtant [1]

Kobayashi Issa

Pas après pas
j'avance
prisonnier sous la lune

Hirahata Seito

Après avoir contemplé la lune
mon ombre
me raccompagne

Yamaguchi Sodô

Le singe à la voix rauque
découvre ses dents —
lune sur le sommet

Takarai Kikaku

Sous la pleine lune
le domestique
abandonne un chiot

Yosa Buson

Suspendues dans la nuit
la poche de perfusion
la lune blanche

Sumitaku Kenshin

Sous la lune vivante
je dors
avec un mourant

Hashimoto Takako

Je voudrais tant partir —
coiffée de lune
sous le ciel vagabond !

Tagami Kikusha-ni

Au clair de lune
je laisse ma barque
pour entrer dans le ciel

Kôda Rohan

Maintenant
sous la lune d'automne
il n'est plus d'ennemis [1]

Takahama Kyoshi

Sous le souffle de l'automne
une silhouette se dresse
seule

Ryôkan

Jour après jour
tombe la bruine
la vieillesse me saisit

Ryôkan

Cœur
blanchi par la pluie
carcasse battue par les vents !

Matsuo Bashô

Verse l'averse d'automne —
je ne suis
pas encore mort

Taneda Santôka

Verse l'averse d'automne —
j'ai longtemps fait cuire
mes quelques grains de riz

Taneda Santôka

Verse l'averse d'automne —
le chemin
encore et toujours

Taneda Santôka

Le vent d'automne
souffle d'abord
sur les volubilis

Miura Chora

Sous la brise d'automne
ces fleurs rouges
qu'elle aurait tant aimé arracher

Kobayashi Issa

J'avance
dans le vent d'automne —
vers quel enfer ?

Kobayashi Issa

Descendant de cheval
dans le vent d'automne
j'ai demandé le nom du fleuve

Masaoka Shiki

Mauvaise passe !
mes dents se déchaussent
au vent d'automne

Sugiyama Sampû

Un cadavre —
le vent d'automne folâtre
dans ses narines

Iida Dakotsu

La bourrasque a cessé —
une souris
traverse le courant

Yosa Buson

Si beau
après la bourrasque —
le piment rouge !

Yosa Buson

Dans le goût mordant du radis
je sens
le vent d'automne

Matsuo Bashô

Le majeur du Bouddha
écoute
le vent d'automne

Sawaki Kin'ichi

Monde de rosée
rosée du monde —
et pourtant

Kobayashi Issa

Dans la rosée blanche
je m'exerce
au paradis

Kobayashi Issa

Dans chaque perle de rosée
tremble
mon pays natal

Kobayashi Issa

Sur la feuille de lotus
tourne
la rosée du monde

Kobayashi Issa

La rosée blanche —
n'oublie jamais
son goût de solitude !

Matsuo Bashô

La rosée se dissipe —
aujourd'hui encore
je sèmerai des graines d'enfer !

Kobayashi Issa

Si je pouvais mourir
avant que sèche la rosée —
ce serait parfait

Ozaki Kôyô

Vapeur de rosée —
ou larmes d'un cheval
dans la montagne d'automne ?

Kobayashi Issa

À cheval
dans l'eau limpide
je lâche les rênes !

Masaoka Shiki

Au couchant
je lave mon cheval
dans la houle d'automne

Masaoka Shiki

Au fond de la brume
le bruit de l'eau —
je pars à sa rencontre

Ozaki Hôsai

Automne en montagne —
tant d'étoiles
tant d'ancêtres lointains

Nozawa Setsuko

Dans le mouvement
des grandes carpes
flamboient les sommets d'automne

Mori Sumio

Derrière la station d'essence
chatoie
le brocart des montagnes

Ueno Yasushi

Passé la porte
à dix pas —
si vaste l'océan d'automne !

Masaoka Shiki

Lames de la Fête des morts[1]
tailladant la vie
au long des falaises

Iida Dakotsu

Sur la tablette des âmes
brûlent aussi
les larmes et la rosée[2]

Hattori Ransetsu

Pèlerinage aux tombes —
le vieux chien
montre la voie

Kobayashi Issa

Pèlerinage aux tombes —
le plus jeune enfant
porte le balai

Kobayashi Issa

Revenu du pèlerinage
aux tombes
chacun regagne sa chambre

Hatano Soha

Automne
le malheur et rien d'autre —
je poursuis mon voyage

Taneda Santôka

Automne des moissons —
si triste
le visage de la folle !

Yosa Buson

Ils ressemblent aux hommes
les épouvantails du clair de lune —
si pitoyables !

Masaoka Shiki

Sur les champs des hauteurs
les épouvantails
se coiffent d'un nuage

Masaoka Shiki

J'offre une flamme au dieu[1] —
au retour
le brame du daim

Masaoka Shiki

Un corbeau graille —
moi aussi
je suis seul

Taneda Santôka

La libellule rouge
ouvre
la saison d'automne

Kaya Shirao

Sur une pierre
la libellule
rêve en plein jour

Taneda Santôka

Les montagnes au loin —
reflet dans les prunelles
d'une libellule

Yosa Buson

Sur mon bureau solitaire
la libellule
consent à se poser

Taneda Santôka

Sur le bambou qui marque
la tombe du défunt
une libellule

Takai Kitô

Cruauté cruauté
sous le casque —
un criquet

Matsuo Bashô

Sauterelle —
n'écrase pas
les perles de rosée blanche !

Kobayashi Issa

Ils me piquent
les moustiques d'automne —
résolus à mourir

Masaoka Shiki

Au bord de la mort
plus crépitante encore
la cigale de l'automne

Masaoka Shiki

Réveillé en pleine nuit
je mêle ma toux
au cri des insectes

Naitô Jôsô

Les insectes crient
la lune sort
le jardin s'assombrit

Masaoka Shiki

Nul endroit
où cracher l'eau des ablutions —
les insectes crient

Ueshima Onitsura

La nuit crisse —
elle a pris
forme d'insectes

Kawahara Biwao

Devant le temple des Six Vertus
au fond des ténèbres
les vers de terre crient[1]

Kawabata Bôsha

Ce monde souffre —
même les herbes le disent
qui se courbent au couchant

Kobayashi Issa

Les herbes folles
se couvrent d'automne —
je m'assieds

Taneda Santôka

Le saule s'effeuille —
nous écoutons la cloche
le maître et moi

Matsuo Bashô

Des érables d'automne
je m'approche —
la solitude me prend

Kobayashi Issa

Telle la main droite
d'une sage-femme —
la feuille d'érable en automne[1]

Samboku

Si profonde
cette belle-de-jour
à la couleur d'abîme !

Yosa Buson

Je récite les soûtras —
les belles-de-jour
s'épanouissent

Morikawa Kyoroku

Le grand jour blanc
me dénude l'âme —
feuilles mortes

Watanabe Suiha

Elle tombe et tombe
la feuille de paulownia
aux rayons du soleil[1]

Takahama Kyoshi

Dénigrer autrui ?
Je me lave l'esprit
en écossant mes pois[2]

Ozaki Hôsai

Monstre
il montre son cul rond
le potiron

Natsume Sôseki

Figues vertes —
nues
à l'horizon d'un ciel vide

Toyama Chikage

Sur ce pont suspendu
nos vies s'enroulent
aux sarments de lierre

Matsuo Bashô

Le calme discret des kakis
absorbe le soleil
au plus profond

Maeda Fura

À cueillir des kakis
mes boules dorées se hérissent
au vent d'automne

Ryôkan

Dites-leur bien
que j'étais un mangeur de kakis
aimant les haikus !

Masaoka Shiki

Je cueille des champignons —
ma voix
devient le vent !

Masaoka Shiki

Pluie d'automne —
les hortensias
se décident pour le bleu

Masaoka Shiki

Éponge en fleur
étouffée par les crachats —
je deviens un Bouddha[1]

Masaoka Shiki

Sans un mot —
l'hôte l'invité
le chrysanthème blanc

Ôshima Ryôta

Ils cambrent leurs pétales
de blancheur —
les chrysanthèmes de lune !

Sugita Hisajo

Mes yeux
qui ont tout épuisé
reviennent au chrysanthème blanc

Kosugi Isshô

Pour le convalescent
les chrysanthèmes
ont une odeur de froid

Iwama Otsuni

Sur le cercueil [1]
jeter un chrysanthème —
rien d'autre à faire

Natsume Sôseki

Devant les chrysanthèmes
ma vie
fait silence

Mizuhara Shûôshi

HIVER

Poireaux lavés
poireaux tout blancs —
comme ils ont froid !

Matsuo Bashô

Une souris piétine
une assiette —
bruit froid !

Yosa Buson

Avec un chicot
je mords mon pinceau gelé
dans la nuit

Yosa Buson

Le froid le froid —
l'eau bleuit
le ciel se rétrécit

Natsume Sôseki

De plus en plus froid —
le téléphone noir
de la nuit

Sumitaku Kenshin

Dans la chambre
ce froid vif sous mon pied —
le peigne de ma femme morte

Yosa Buson

Dans la nuit de décembre
un lit glacé —
voilà tout ce que j'ai

Ozaki Hôsai

Comme poussière
sous les grands froids
un homme est mort

Takahama Kyoshi

Tableau de guerre atomique —
comme moi les morts ouvrent la bouche
frisson

Katô Shûson

Nuit de gel —
mes os
raclent le matelas !

Yosa Buson

Nuit de givre —
comment dormir
quand la mer ne dort pas ?

Suzuki Masajo

Glaçant mon ventre
les rames frappent la vague —
nuit de larmes

Matsuo Bashô

Après mes larmes —
la plénitude
de mon souffle blanc

Hashimoto Takako

L'année prend fin —
toujours le même chapeau
les mêmes sandales de paille !

Matsuo Bashô

An qui passe et an qui vient —
anneaux
que traverse un même bâton

Takahama Kyoshi

Sur le premier journal de l'année
gueule ouverte
un canon me vise

Kuribayashi Issekiro

Matin du premier jour —
dans le poêle
quelques braises de l'an passé

Hino Sôjô

Première traînée de brume —
sur le kimono du jour de l'an
un ourlet de nuées

Nagai Kafû

Tourné vers le vent neuf
le visage nu
de l'homme incandescent

Nakagawa Isao

Le cri du premier corbeau
surprend l'aube
au-dessus des bordels

Takahama Kyoshi

Particule
dans le soleil d'hiver
je voudrais partir

Sôma Senshi

Pas une seule pierre
pour frapper ce chien
sous la lune d'hiver

Tan Taigi

Lune froide —
le vent de la rivière
aiguise les rochers

Miura Chora

Insomniaque
le faisan criaille —
la lune se glace

Takarai Kikaku

Au point du jour
en tourbillons de brume
la voix de la cloche

Matsuo Bashô

Première bruine —
j'aurai pour nom
« le voyageur »

Matsuo Bashô

Il givre et grésille —
sans fin sans fond
la solitude

Naitô Jôsô

Cruche brisée
par le gel de la nuit —
je me lève en sursaut !

Matsuo Bashô

Minuit de givre —
j'ai emprunté pour dormir
la manche de l'épouvantail !

Matsuo Bashô

Il s'emballe
le cheval
sur un tapis de gelée blanche

Ozaki Hôsai

Au col gelé
les yeux de mon cheval
bleuissent

Iida Ryûta

Qu'on me donne une stalactite
renfermant les étoiles
de la Sente du Nord[1] !

Takaha Shugyô

Au milieu de la vie
au milieu de la mort
la neige sans répit

Taneda Santôka

Sur un traîneau sans lumière
à la tombée du jour
dans la plaine enneigée

Mitsuhashi Takajo

Plus pâle par temps de neige
l'éclat pourpre
de la rhubarbe

Kobayashi Issa

Sur les dessins d'enfants
un soleil tout rouge
dehors la neige en bourrasque

Kaneko Tôta

Nuit après nuit
ma soupe de légumes
accompagne la neige

Kobayashi Issa

Ciel de neige —
je n'ai pas connu mon père
dans sa cinquantaine

Kubota Keiko

Déjà je l'imagine
tombant sur mon cadavre —
la neige

Takahama Kyoshi

Viens
allons voir la neige
jusqu'à nous ensevelir !

Matsuo Bashô

Là
tout simplement
sous la neige qui tombe

Kobayashi Issa

Neige qui tombais sur nous deux —
es-tu la même
cette année ?

Matsuo Bashô

Ce trou parfait
que je fais en pissant
dans la neige à ma porte !

Kobayashi Issa

Rafale de neige —
entre ses bras
j'ai suffoqué

Hashimoto Takako

À travers la neige
les lumières des maisons
qui m'ont claqué la porte au nez

Yosa Buson

Mort dans la lande blanche
je serai moi aussi
un Bouddha de neige

Shirai Chôsui

La voilà
ma demeure ultime —
cinq pieds de neige !

Kobayashi Issa

Courbettes et risettes —
du chignon
glisse un grêlon

Natsume Sôseki

Dans mon bol de fer
en guise d'aumône
la grêle

Taneda Santôka

Merveille !
pisser debout
sous un déluge de grêle !

Kobayashi Issa

Sous le divin nez
du divin Bouddha
pend une morve de glace

Kobayashi Issa

Le maître abbé —
voilà qu'il pose sa crotte
sur la lande en friche !

Yosa Buson

Onze cavaliers
filent dans le blizzard
sans tourner la tête

Masaoka Shiki

Sur son cheval
dans le vent qui cingle
l'homme au regard fixe

Ryôkan

Seule dans la lande à nu
elle surgit rauque
la voix des morts

Kawahara Biwao

Sur la lande sans vie
un peigne de femme
du temps des herbes folles

Ihara Saikaku

Malade en voyage
mon rêve court
la lande en friche

Matsuo Bashô

La peau et les os —
la bourrasque emporterait
mon corps malade !

Natsume Sôseki

Hiver désolé —
noir de corbeau
neige d'aigrette

Yosa Buson

Hiver dévasté —
un blaireau
suspendu sous l'auvent

Natsume Sôseki

Il chie
le chat errant
dans le jardin tout blanc

Masaoka Shiki

Un cadavre de chien
dérive
dans le courant glacé

Masaoka Shiki

Garde de nuit —
j'écoute
la plainte continue de la pluie

Natsume Sôseki

Souffrant —
autour du lit flotte
le bleu de la mer en hiver

Nakatsuka Ippekirô

Devant la mer houleuse
la corde à sauter
ouvre un vide

Fuyuno Niji

Plus émouvantes encore
à la lumière des lanternes
les prières des nuits froides

Yosa Buson

Tout seul en hiver
j'aimerais poser une question
au Bouddha

Masaoka Shiki

Mes larmes grésillent
en éteignant
les braises

Matsuo Bashô

Un oiseau crie —
le bruit de l'eau noircit
autour de la nasse

Yosa Buson

Pétrifiée
sous mon cheval —
mon ombre glacée !

Matsuo Bashô

Être une ourse
hibernant
au fond de son trou !

Takagi Haruko

À cette eau pure
les riches se désaltèrent —
les ours aussi

Masaoka Shiki

L'herbe flétrit
jusque dans les yeux
de la mante religieuse

Yamaguchi Seishi

Volent les écureuils —
grandissent
les montagnes de la nuit

Mitsuhashi Toshio

Le loup !
rien qu'à voir ses crottes
on tremble de froid

Kobayashi Issa

La nuit tombe sur la mer —
le cri des colverts
s'éclaircit

Matsuo Bashô

Elle va
sans toit ni tombe —
la mouette d'hiver

Katô Shûson

Muettes
les aigrettes traceraient au ciel
une ligne de neige

Yamazaki Sôkan

À l'aube
soufflent les baleines
dans l'écume givrée

Katô Gyôdai

Concombre de mer —
tu n'as ni queue
ni tête !

Mukai Kyorai

À la méduse
le concombre de mer
confie son amertume

Kuroyanagi Shôha

Un coup de hache
dans la forêt d'hiver —
l'odeur me prend

Yosa Buson

Dans ce jardin
un siècle
de feuilles mortes !

Matsuo Bashô

Les feuilles tombent
sur les feuilles —
la pluie tombe sur la pluie

Katô Gyôdai

HORS SAISON

Sans savoir pourquoi
j'aime ce monde
où nous venons pour mourir

Natsume Sôseki

Partout des meurtres —
et pourtant l'eau
coule dans la nuit[1]

Ozaki Hôsai

Mon pays natal
détrempé par la pluie
je le foule pieds nus

Taneda Santôka

Soudain la guerre
debout
au fond du couloir[1]

Watanabe Hakusen

Bientôt sur la lampe
s'abattront
les ténèbres du champ de bataille

Tomizawa Kakio

Assise sur une balançoire
victime de la Bombe
la petite fille morte

Takashima Shigeru

Drapeau du soleil levant —
je l'offre
à l'océan

Watanabe Hakusen

Dans les mains de la mère
tremblent les cendres du héros —
la voie ferrée

Takaya Sôshû

Tous là
sur cette plaine —
maquillés de blanc

Abe Kan'ichi

Si seul
que je fais bouger mon ombre
pour voir

Ozaki Hôsai

Ouvrant un tiroir
je touche
le cœur d'une mouette

Abe Kan'ichi

Quelqu'un se noie encore
dans le Fleuve du Ciel —
cri

Kawahara Biwao

Dans le petit bois
un lacis de branches —
midi profond

Akutagawa Ryûnosuke

Mon nom
est déjà gravé dans le vent —
le grand orme

Wada Gorô

Dans la vallée
les carpes se bousculent —
la nuit jubile

Kaneko Tôta

Un matin où le miel devient feu
devient sable —
où tout se brouille

Hori Ashio

Peu à peu mes poumons
se teignent de bleu —
voyage en mer

Shinohara Hôsaku

Mer aveuglante —
un homme aux os blanchis
se dresse

Hayashida Kineo

On sort le cercueil —
un pont se pose
dans le paysage

Hashi Kanseki

Arbre nu
sous le ciel bleu —
silence de la mort[1]

Taneda Santôka

La mort bientôt —
sur les herbes folles
tombe la pluie[2]

Taneda Santôka

Le Bouddha m'accorde
un peu de temps —
je fais la lessive

Ozaki Hôsai

Le riz est délicieux —
et le ciel bleu
si bleu

Taneda Santôka

Même
lorsque mon père se mourait
je pétais

Yamazaki Sôkan

Vingt télévisions —
sur la ligne de départ
il n'y a que des Noirs

Kaneko Tôta

Du morse dans la nuit —
le vent
envoie un SOS

Sumitaku Kenshin

Cette limonade
sans bulles —
voilà ma vie

Sumitaku Kenshin

Dans les cuisines du jumbo-jet
le crissement
de la glace qu'on pile

Kitano Tamio

Dans l'assiette de verre
le cliquetis des arêtes —
une famille ordinaire

Nagashima Yasuko

Ôtant la coquille
de l'œuf dur —
mes doigts de malade

Sumitaku Kenshin

Les employés de banque
miroitent au matin
comme des calamars

Kaneko Tôta

Dans le quartier des banques
les navires de guerre
irradient

Hoshinaga Fumio

Dans les yeux des fées
descendues sur la ville
le vide

Kimura Toshio

Cage d'un léopard —
plus une goutte d'eau
dans le ciel

Tomizawa Kakio

C'est mon lac intérieur —
dans l'ombre rôde
un tigre noir

Kaneko Tôta

Ce feu
qui brûle en moi —
désir de suicide

Sumitaku Kenshin

Calme-toi
calme-toi
fleur de colère —
— couleur de lobe d'oreille[1]

Takayanagi Shigenobu

Mon visage déformé —
je le puise
dans la cuvette

Sumitaku Kenshin

Boue
qui s'écoule
s'éclaircit[2]

Taneda Santôka

DOSSIER

PETITE HISTOIRE DU HAIKU

Le haiku, forme poétique la plus courte du monde, se compose de trois phrases de 5, 7, et 5 syllabes, soit une seule ligne en japonais.

Il remonte au *tanka*, « poème court » déjà présent dans le *Man'yôshû* (« Recueil des dix mille feuilles »), la première anthologie poétique compilée en 760. Le tanka, qui semble s'enraciner dans les incantations et les chants destinés aux déités, contient des références précises aux saisons et aux éléments de la nature liés au culte animiste shintô. Il consiste en cinq vers de 5, 7, 5, 7 et 7 syllabes. La première partie, ou *hokku* (5-7-5), doit évoquer la saison, la nature, tandis que la seconde (7-7) lie la scène à un sentiment ou à une émotion spécifique. (Le hokku donnera naissance au *haikai*, et plus tard au *haiku* qui, devenu poème indépendant, continuera à transmettre ce sentiment ou cette émotion — sans toutefois les citer — créant ainsi un monde de sens implicite. Cet art de suggérer un état intérieur sans le décrire — *yûgen* — est précisément considéré au Japon comme l'essence même de la poésie.)

Le tanka, fort goûté à la Cour impériale, en devient rapidement l'un des passe-temps favoris. Entre le IXe et le XIe siècle, les concours de poésie connaissent une grande vogue dans les cercles aristocratiques, avant que s'impose le genre du *renga* ou « enchaînement de poèmes » : un participant rédige le premier tercet en 5, 7, 5 syllabes, le suivant lui répond en 7 et 7 syllabes, puis un troisième poète écrit un nouveau hokku (5-7-5) auquel fait écho une autre phrase (7-7), et ainsi de suite, en des chaînes de 36, 72, 100 poèmes, voire plus, selon un procédé qui n'est pas sans rappeler les cadavres exquis chers aux surréalistes.

Devenu un genre poétique en soi, le renga emprunte plusieurs voies. Si sa forme classique reste réservée à l'aristocratie, une nouvelle école, traitant de thèmes triviaux en langage courant, voit également le jour. Au début du XVIIe siècle, la prise de pouvoir par les shôgun Tokugawa entraîne de profonds changements dans la société japonaise : les marchands s'enrichissent, une nouvelle bourgeoisie apparaît. C'est elle qui adopte sous le nom de *haikai-renga* (enchaînement de poèmes comiques) ce nouveau genre ludique. Le premier verset (hokku), qui donne le ton à l'ensemble de la chaîne, occupe une position privilégiée — et les compositeurs de haikai-renga ne tardent pas à le présenter comme un poème indépendant, sous le nom de *haikai-hokku* (terme qui sera plus tard simplifié en haiku[1]).

Bashô lui-même sera d'abord un maître du style comique. Influencé par les poètes chinois classiques, Li-po, Tou-fou, Wang Wei, comme par le grand Tchouang-tseu, il érige le haiku au rang d'une forme d'art absolu. Adepte du zen, poète-voyageur, il mène une vie itinérante, suivi par de nombreux disciples. Il fixe des règles strictes et précises pour la composition du haiku : le rythme 5-7-5, les *kireji* (ces mots de césure, qui, en japonais, ponctuent chaque groupe de syllabes comme un arrêt sur image — écho redoublé ou respiration suspendue), la présence indispensable du mot-saison (*kigo*). On lui doit également la définition des principes, puisés à la source même de l'esthétique japonaise, qui ont gouverné le haiku tout au long de son histoire : sincérité, légèreté, objectivité,

1. À proprement parler, la dénomination « haiku » n'apparaît qu'au XIXe siècle avec Masaoka Shiki. Nous usons par commodité de ce terme pour désigner le genre de manière générale.

tendresse à l'endroit des créatures vivantes, mais aussi *sabi* (simplicité, sérénité, solitude), *wabi* (beauté dépouillée en accord avec la nature), et enfin — élément primordial qui sous-tend toute la philosophie du genre — *fueki-ryûko*, juste équilibre entre le principe d'éternité et l'irruption d'un événement éphémère ou trivial.

Nuit d'été —
le bruit de mes socques
fait vibrer le silence

Matsuo Bashô

La période d'Edo (1600-1868) — durant laquelle le Japon, fermé aux influences étrangères, vit replié sur ses traditions — donne trois maîtres inégalés : Matsuo Bashô, Yosa Buson et Kobayashi Issa. Buson, à la fois peintre et poète, entend décrire l'essence des choses sans la moindre béquille philosophique. Il est, en quelque sorte, le premier à explorer le pouvoir d'enseignement direct de l'image — cherchant à transcrire une perception non verbale du monde. Quant à Issa, poète itinérant comme Bashô, il excelle à dévoiler le pathétique de notre condition et la souffrance liée à notre impermanence.

Puisqu'il le faut
entraînons-nous à mourir
à l'ombre des fleurs

Kobayashi Issa

À la fin du XIXe siècle, cependant, lorsque Masaoka Shiki redécouvre Buson, le haikai n'est plus qu'un genre désuet. À nouveau, des changements majeurs s'opèrent dans la société japonaise, laquelle s'est ouverte au monde moderne et à l'Occident avec la restauration de Meiji (1867). À cette époque, l'intérêt pour les arts traditionnels est en déclin. Shiki comprend que le haikai doit devenir une forme littéraire à part entière. Il renouvelle alors le genre en le dissociant complètement du renga — et crée le terme « haiku ». Critique à l'égard des conceptions poétiques de Bashô, il privilégie le *shasei*, « croquis d'après nature », à la manière de Buson. Ce père fondateur du haiku moderne meurt à trente-cinq ans, après avoir ébauché une réforme qui sera poursuivie et achevée par Takahama Kyoshi.

Ce dernier, pourtant dans la lignée de Bashô, considère l'observation objective de la nature (*kachô-fuei*) comme un principe essentiel. Il prend en 1898 la direction de la revue *Hototogisu* (Le Coucou), fondée par Shiki l'année précédente, revue qui donnera son nom à un mouvement littéraire, et publiera les haikistes les plus brillants de l'ère Taishô (1903-1926) dont Maeda Fura, Iida Dakotsu, Hara Sekitei, Kawabata Bôsha, Natsume Sôseki — donnant également la parole à des poétesses rares telles que Sugita Hisajo.

Tandis que Kyoshi maintient l'intégrité du haiku traditionnel face à l'influence toute-puissante de l'Occident, Kawahigashi Hekigotô, ami de Kyoshi et disciple de Shiki, se dissocie de l'orthodoxie propre au mouvement « Hototogisu » pour fonder un groupe antitraditionaliste, qui met l'accent sur l'approche subjective de la nature, l'expérience directe, l'exploration du mystère de l'existence humaine. Il sera suivi par Ogiwara Seisensui (dont le disciple le plus connu sera Taneda Santôka), Ozaki Hôsai, Osuga Otsuji et Nakatsuka Ippekirô, lequel fonde le « haiku de forme libre », rejetant la rigidité du rythme et du nombre de syllabes imposé, ainsi que l'usage du mot-saison.

L'âge d'or du mouvement « Hototogisu » dans les années vingt est marqué par des poètes tels que Takano Sujû, Yamaguchi Seishi ou Mizuhara Shûôshi. Ce dernier rompt avec le groupe, critiquant la banalité de la description objective prônée par Kyoshi. Il sera suivi par de jeunes poètes tels que Katô Shûson. Shûôshi reste cependant fidèle au mot-saison, tandis qu'un mouvement plus radical se forme autour de jeunes haikistes (Saitô Sanki, Tomizawa Kakio, Watanabe Hakusen), partisans du *muki* (haiku sans *kigo*) et qui prennent la littérature occidentale pour modèle. Les années trente constituent une période de création intense et d'innovations diverses. Dans un monde en pleine mutation, le haiku puise son inspiration à des sources autres que la nature et les saisons : sociales, politiques, humanistes…

La guerre met un terme à cette effervescence créatrice. Le pouvoir nationaliste muselle les mouvements poétiques antitraditionalistes, procédant même en 1940 à l'arrestation de nombre de haikistes (Watanabe Hakusen, Saitô Sanki, Hirahata Seito) pour « entrave à la sécurité de l'État ». Seules les publications patriotiques sont autorisées, voire encouragées, sous la stricte surveillance de l'État.

Vient la défaite. Hiroshima :

Tableau de guerre atomique —
comme moi les morts ouvrent la bouche
frisson

Katô Shûson

Cet hiver du cœur donne une dimension inouïe, radicalement autre, à l'idée de saison. Le haiku antitraditionaliste, renaissant de ses cendres, trouve un nouveau souffle, cherchant un juste contrepoint au kaléidoscope contemporain. Désormais, le Japon partage les références culturelles de l'Occident. Parallèlement, le haiku déborde des frontières japonaises et se voit adopté par des poètes de toutes nationalités :

Dans le givre du matin
les chats
avancent lentement

Jack Kerouac

Autres tensions, autres échos. Le haiku se nourrit aujourd'hui du désordre des paysages urbains, exploite des gisements inattendus, ausculte l'accélération de l'histoire tout en gardant vivaces la saisissante simplicité et l'exigence d'expression absolue qui le fondent. À même, toujours, de dire la polyphonie du monde :

Dans les yeux des fées
descendues sur la ville
le vide

Kimura Toshio

C.A. et Z.B.

BIBLIOGRAPHIE

Sources japonaises :

Fuyuno Niji, *Yuki yohô* (La prévision de la neige), Chûsekisha, 1988.

Gendaihaiku 2001 / Japanese Haiku 2001, Gendaihaikukyôkai (Association du Haiku Moderne), 2001.

Gendaihaikushû (Anthologie de haikus contemporains), in *Gendainihonbungakuzenshû*, vol. 91, Chikumashobô, 1957.

Gendaihaikuzenshû (Anthologie complète des haikus contemporains), Rippûshobô, 1978.

Gendaihaiku no seikai (Le monde du haiku contemporain), Asahishimbunsha, 1984.

Ginyû chôhaikudôjinshi (Troubadour — Magazine ultra-haiku), n° 11, Ginyû Press, 2001.

Haikushû (Anthologie de haikus), in *Nihon no shika,* vol. 30, sous la direction de Inoue Yasushi, Yamamoto Kenkichi, Itô Hitoshi et Itô Kenkichi, Chûokôronsha, 1976.

Issa-shû (Recueil d'Issa), Shûeisha, 1970.

Kinseihaikuhaibunshi (Anthologie de haikus et haibun des temps modernes), in *Nihonkotenbungakutaikei,* vol. 92, Iwanami-shoten, 1964.

Kaneko Tôta kushû (Recueil de haikus de Kaneko Tôta), Kaze-hakkôsho, 1961.

Kawaguchi Seitei, *Ryôkan no haiku* (Les haikus de Ryôkan), Yugawa, 1977.
Matsuo Bashô-shû (Recueil de Bashô), Shogakkan, 1972.
Mizuhara Shûôshi, *Kindai no haiku* (Le haiku moderne), Asahishimbunsha, 1986.
Nihondaïsaïjiki (Grand almanach poétique du Japon), sous la direction de Mizuhara Shûôshi, Katô Shûson et Yamamoto Kenkichi, Kodansha, 1981.
Sumitaku Kenshin, *Mikansei* (Inachevé), Yayoïshobô, 1988.
Takahama Kyoshi, *Zenhaikushû* (Anthologie de haikus) — Jôgekan, Mainichishimbunsha, 1980.
Taneda Santôka, *Sômokutô* (Pagode végétale), Shunyôdôshoten, 1979.
Yosa Buson-shû (Recueil de Buson), Shinkosha, 1979.
Yotsuya Ryû, *Kindaihaikushû* (Anthologie de haikus modernes), Rippushobô, 1996.
Yotsuya Ryû, *Jiai* (Tendresse), Kumoshuppansha, 1987.

Ouvrages en anglais :

Blyth R.H., *Haiku*, 4 vol., Hokuseidô Press, Tokyo, 1950-1952.
— *History of Haiku*, Hokuseidô Press, Tokyo, 1968-1969.
Donegan Patricia et Ishibashi Yoshie, *Chiyo-ni, Woman Haiku Master*, Tuttle Publishing, Tokyo, 1998.
Haiku, an Anthology, edited by Faubion Powers, Dover Thrift editions, New York, 1996.
Higginson William J., *The Haiku Handbook*, Kodansha International, 1989.
Ueda Makoto, *Modern Japanese Haiku, an anthology*, University of Toronto Press, 1982.
Yasuda Kenneth, *The Japanese Haiku*, Tuttle Publishing, Tokyo, 1957.

Ouvrages en français :

Agostini Bertrand et Pajotin Christiane, *Jack Kerouac et le Haïku : itinéraire dans l'errance*, Paroles d'Aube, Grigny, 1998.

Bonneau Georges, *Anthologie de la poésie japonaise,* Paul Geuthner, 1935.

— *Le Haiku,* Paul Geuthner, 1935.

Buson, *Haiku,* trad. Nobuko Imamura et Alain Gouvret, Arfuyen, 1983.

— *Haiku,* trad. Joan Titus-Carmel, La Différence, coll. « Orphée », 1990.

Caillois Roger, *Esthétique généralisée,* Gallimard, 1962.

Calaferte Louis, *Haikai du jardin,* L'Arpenteur, 1991.

Coyaud Maurice, *Fourmis sans ombre : le livre du haiku,* Phébus, 1978.

— *Tanka Haiku Renga — Le triangle magique,* Les Belles Lettres, 1996.

Daruma, revue d'études japonaises, sous la direction de Yves-Marie Allioux, Philippe Picquier, n° 1, 1997 ; n° 3, 1998 ; n° 5, 1999.

Giraud Daniel, *Les Chrysanthèmes dans le cercueil,* Derrière la Salle de Bains, 1996.

Haïku, présentés et transcrits par Philippe Jaccottet, dessins d'Anne-Marie Jaccottet, Fata Morgana, coll. « Les Immémoriaux », 1996.

Issa, *Haiku,* trad. Joan Titus-Carmel, Verdier, 1994.

— *Sous le ciel de Shinano,* trad. Alain Gouvret et Nobuko Imamura, Arfuyen, 1984.

— *En village de miséreux*, trad. Jean Cholley, Gallimard, coll. « Connaissance de l'Orient », 1996.

Jourdan Michel, *Journal du réel gravé sur un bâton,* préface d'Yves Bonnefoy, Critérion, 1991.

Kervern Alain, *Malgré le givre — essai sur la permanence du haiku,* Folle Avoine, 1987.

— *Grand almanach poétique japonais,* 5 vol., Folle Avoine : *Matin de neige — le nouvel an,* 1988 ; *Le Réveil de la loutre — le printemps,* 1990 ; *La Tisserande et le Bouvier — l'été,* 1992 ; *À l'ouest blanchit la lune — l'automne,* 1992 ; *Le Vent du nord — l'hiver,* 1994.
— *Bashô et la poétique du haiku,* Bernard-Lacoste, 1995.
« La traduction en jeu », collectif, *Change,* nº 19, Seghers, 1974.
Maruya Saiichi, *L'Ombre des arbres,* trad. Aude Fieschi, Philippe Picquier, 1993.
Matsuo Bashô, *Cent cinq haikai,* trad. Koumiko Muraoka et Fouad El-Etr, La Délirante, 1979.
— *Le Manteau de pluie du singe,* trad. René Sieffert, POF, 1986.
— *L'Ermitage d'illusion,* trad. Jacques Bussy, La Délirante, 1988.
— *Journaux de voyage,* trad. René Sieffert, POF, 1988.
— *Jours de printemps,* trad. Alain Kervern, Arfuyen, 1988.
— *Cent onze haiku,* trad. Joan Titus-Carmel, Verdier, 1998.
Munier Roger, *Haiku,* préface d'Yves Bonnefoy, Fayard, 1978.
Neige d'août, « Lyrisme et Extrême-Orient », Association Lumière d'août, Nevers, Cahier nº 1, 1999.
Ooka Makoto, *Poèmes de tous les jours,* trad. Yves-Marie Allioux, Philippe Picquier, 1993.
Ozaki Hôsai, *Portrait d'un moineau à une patte,* trad. Makoto Kemmoku et Alain Kervern, Folle Avoine, 1991.
Pélieu Claude, *Koans et Haikus (anything book),* ill. de Robert Varlez, M25, Atelier de l'Agneau, 1988.
Ryôkan, *Les 99 haiku de Ryôkan,* trad. Joan Titus-Carmel, Verdier, 1986.
Santôka, *Zen, saké, haiku,* trad. Wingfun Cheng et Hervé Collet, Moundarren, 1990.
Seghers Pierre, *Le Livre d'or du haikai,* avec la collaboration de Claude Gertler, Robert Laffont, coll. « Miroir du monde », 1984.
Sei Shônagon, *Notes de chevet,* trad. André Beaujard, Gallimard/Unesco, coll. « Connaissance de l'Orient », 1966.

Sumitaku Kenshin, *Inachevé*, trad. Patrick Blanche et Makoto Kemmoku, *Bulletin de recherche de l'École supérieure de Kôbe*, nº 6, 1999.
Tanizaki Junichirô, *Éloge de l'ombre*, trad. René Sieffert, POF, 1977.
White Kenneth, *Le Chemin du haiku*, Terriers, 1987.

REMERCIEMENTS

Nous remercions ici tous ceux qui nous ont aidés et encouragés, notamment : David Allen, Azuma Toyohisa, Morimura Etsuko, Elisabeth Suetsugu, Kaneko Tôta et André Velter.

Nous exprimons notre profonde reconnaissance à Yotsuya Ryû, qui nous a signalé nombre d'auteurs contemporains, et dont les précieux commentaires nous ont éclairés.

Nous disons enfin toute notre gratitude à l'émouvante Fuyuno Niji, disparue brutalement au début de cette année, et qui nous a accompagnés tout au long de ce travail.

Sertie d'herbes
et de rosée —
repose ici

Fuyuno Niji

*

Nous avons tenté de joindre tous les auteurs contemporains ou leurs ayants droit. Pour certains d'entre eux, en dépit de nos demandes, aucune réponse ne nous a été donnée, et nous le regrettons.

NOTES

PRINTEMPS

Page 25.

1. Le passage de la quarantaine est considéré comme dangereux au Japon, car le chiffre « quatre » et le mot « mort » sont homonymes.

Page 27.

1. Dans le texte original, la sardine est dessinée, tête pointant vers le haut. En peignant le mot, Buson le peintre revient aux sources de l'écriture japonaise, puisque à l'origine les idéogrammes étaient des dessins stylisés.

Page 28.

1. Ce « poème de mort » de Kyoshi se révèle particulièrement poignant. Il fait allusion à deux poètes auxquels il fut très lié, mais qui, contrairement à lui, disparurent jeunes : Masaoka Shiki (son maître) et Kawahigashi Hekigotô (avec lequel il entretint des relations à la fois amicales et conflictuelles).

Page 30.

1. Cette flamme est aussi celle de la conscience passant d'une incarnation à l'autre.

Page 56.

1. La fleur de cerisier associée au tranchant d'une lame évoque d'emblée le lien très ancien entre le monde des guerriers et celui des fleurs. Brièveté sidérante œuvrant toujours au fil de l'inconscient.

Page 57.

1. Chaque année, les quelques jours de la pleine floraison des cerisiers sont l'occasion de grands pique-niques et beuveries sous les arbres : c'est *hanami*, la Fête des Cerisiers ou « Contemplation des fleurs ».

Page 59.

1. Les fleurs de cerisier symbolisent l'impermanence. Le « monde flottant » (*uki-yo* — terme d'origine bouddhiste) désigne notre monde éphémère. Le poète-voyageur vit de bonheurs simples : le saké blanc (épais, laiteux) et le riz brun (non décortiqué).

Page 64.

1. Après l'incinération, les proches du défunt ramassent avec des baguettes les os non consumés, qui seront placés dans l'urne funéraire.

ÉTÉ

Page 69.

1. Masaoka Shiki renoue ici avec la veine irrévérencieuse et satirique des haikus du XVIIe siècle. Pour contempler la lune, le poète tourne le dos à un objet sacré, alors que les convenances l'interdisent.

Page 72.

1. Masaoka Shiki mourut de la tuberculose à trente-cinq ans.

Page 74.

1. Si les nuages sont promesse de pluie, le serpent est lié lui aussi, dans le bestiaire extrême-oriental, à l'eau et à la fertilité (comme le dragon).

Page 76.

1. En japonais, le mot « bleu » désigne aussi le vert de la nature. Le « vent bleu » est une brise qui souffle en été à travers les feuillages.

2. Après la saison des pluies, le ciel retrouve sa transparence ; les vents (comme les nuages) ne sont plus sombres, mais « blancs ».

Page 77.

1. Le vent « qui vient du soleil » souffle par beau temps tout en apportant la tempête.

Page 80.

1. Matsuo Bashô, adepte du zen lui-même, joue sur le double sens du verbe *satoru* : « comprendre » et « réaliser » au sens du plus haut achèvement (éveil, *satori*). Selon un de ces paradoxes chers au zen, celui qui ne sait rien possède la vraie connaissance.

Page 82.

1. D'après l'ancien calendrier lunaire, l'année débute en février ; le cinquième mois correspond donc à la période estivale.

Page 88.

1. Après l'humidité de la saison des pluies, on met les vêtements à sécher au soleil. La présence de ce kimono funèbre évoque à merveille l'irruption de la mort au milieu des activités de la vie. À l'âge de trente ans, Morikawa, issu d'une famille de samouraï, avait perdu tous ses proches.

Page 91.

1. L'expression « devenir Bouddha », outre son sens littéral, signifie aussi « mourir » (le terme « Bouddha » est employé pour désigner — avec respect — un cadavre).

Page 95.

1. Il s'agit d'un gong de temple, à l'ombre duquel les moustiques s'abritent durant le jour.

Page 99.

1. La nonne bouddhiste Chiyo-ni rédigea ce poème sur son lit de mort.

Page 102.

1. Outre la puissante impression de solitude qui s'en dégage, ce poème témoigne d'un art parfaitement abouti, en ce qu'il fait résonner l'infiniment grand (le soleil), l'infiniment petit (la cigale) et la dimension humaine (la maison vide). Dans la symbolique bouddhique, la maison représente la conscience ordinaire — et la maison vide le retour à la vacuité originelle.

Page 109.

1. Ogawa Shûshiki écrivit ce haiku sur son lit de mort. Si la vie est un rêve, une illusion, la mort vient comme la promesse d'un éveil à une lumière plus intense, pareille au violet des iris, couleur traditionnellement associée aux jeunes filles.

2. Chiyo-ni aurait écrit ce haiku aux résonances lancinantes à l'occasion de la mort de sa mère. Le mauve des nuages évoque une fumée de crémation, tandis que les iris sont comme les motifs d'un kimono d'été.

Page 121.

1. Takayanagi Shigenobu, influencé par la poésie occidentale contemporaine, rédige systématiquement ses poèmes sur plusieurs lignes (voir également p. 203), alors qu'en japonais le haiku tient d'ordinaire sur une seule. La présentation française sous forme de tercet est une convention destinée à rendre compte des césures traditionnelles du genre.

Page 122.

1. Le singe, c'est l'homme ; la nuit, l'aveuglement de la vie humaine ; la lune, l'enseignement éclairant du Bouddha.

Page 123.

1. On retrouve ici les trois éléments présents dans tous les arts japonais : le Ciel, la Terre, et l'Être vivant entre les deux. Tout le cosmos en trois vers !

Page 127.

1. Cette lune désigne aussi le « miroir sans tache » de la pure conscience.

Page 130.

1. Kyoshi écrivit ce haiku après l'annonce de la défaite japonaise en 1945. Par-delà l'absence de nationalisme, il évoque un enseignement célèbre : sur un certain plan de conscience, les notions d'ami et d'ennemi s'effacent, laissant place à l'équanimité.

Page 141.

1. Cette fête dédiée aux âmes des défunts a lieu à la mi-août (en automne selon l'ancien calendrier lunaire), période de violentes tempêtes.
2. À l'intérieur de la maison, les tablettes funéraires dédiées

aux âmes des défunts sont installées sur un autel. La rosée des fleurs déposées en offrande, les larmes versées forment le combustible qui entretient la flamme du souvenir.

Page 144.

1. Offrande aux *kami*, dieux personnifiant la nature dans le culte animiste shintô.

Page 149.

1. Ce haiku à l'accent mystérieux, à la fois ésotérique et désespéré, évoque toute la détresse de la destinée humaine : nous sommes ces créatures rampant sur terre, aspirant tant bien que mal à réaliser les Six *Paramita*, les six vertus bouddhiques menant à l'éveil.

Page 151.

1. Il faut avoir vu le rouge sanglant des érables japonais en automne pour apprécier pleinement ce magnifique haiku, récompensé en 1672 par Matsuo Bashô dans un concours de renga. De Samboku, il ne reste que cet unique poème.

Page 152.

1. Ce haiku (l'un des préférés de Kyoshi lui-même, dit-on) offre un exemple parfait de regard transcendant. À travers la description d'une feuille tourbillonnant sous les rayons du soleil, c'est la condition humaine tout entière qui transparaît — entre ironie et mélancolie. La trajectoire de cette feuille si semblable aux autres, et pourtant unique, recevant le soleil dans sa chute, est bien celle d'une vie humaine, promise à la même et inéluctable déchéance, malgré la lumière chaude qui émane des rayons : l'infime comme mesure de l'éternité.
2. Hôsai travailla comme bouddhiste laïque dans plusieurs temples du Japon. Selon la pratique bouddhique, les activités les plus prosaïques (se laver, faire la lessive, éplucher des légumes, etc.) sont autant de tremplins pour la méditation et la purification de l'esprit.

Page 155.

1. Ce poème écrit par Masaoka Shiki, atteint de tuberculose, s'emplit de résonances diverses et profondes : le terme « Bouddha » évoque fortement la mort puisqu'il désigne aussi bien un être éveillé qu'un cadavre. Et l'aspect spongieux du luffa n'est pas sans rappeler celui des poumons…

Page 157.

1. Il s'agit du cercueil de Masaoka Shiki, ami de Natsume Sôseki.

HIVER

Page 171.

1. *Michinoku* désigne les anciennes provinces du nord du Japon, dont l'auteur est originaire. Ce terme aux connotations nostalgiques évoque les paysages enneigés d'une région autrefois chantée par Bashô et qui, aujourd'hui encore, reste emblématique du Japon traditionnel.

HORS SAISON

Page 191.

1. Inaltérable continuité du monde, comme le processus même de la vie : le meurtre existe, l'eau s'écoule. Cette simple constatation, dénuée de tout jugement, n'en fait pas moins frissonner, alors que la nature, superbement indifférente, ramène tous les phénomènes au plan ultime de l'impermanence.

Page 192.

1. Watanabe Hakusen fut arrêté en 1940, ainsi que nombre d'autres poètes, par la police de la sécurité publique.

Page 197.

1. Poème écrit par Taneda Santôka sur son lit de mort.
2. *Idem.*

Page 203.

1. Voir p. 121, n. 1.
2. Telle la boue qui s'écoule, la conscience peut être lavée de ses impuretés, délivrée des rets de l'illusion.

INDEX CHRONOLOGIQUE DES AUTEURS

Selon l'usage japonais, le nom de famille précède toujours le prénom. Les Japonais ont coutume de nommer familièrement leurs auteurs préférés par leur seul prénom ou pseudonyme (c'est le cas de Bashô, Buson, Issa, Sôseki, Shiki et bien d'autres). Pour simplifier et faciliter les recherches, nous avons cependant choisi de signaler systématiquement nom et prénom.

Lorsqu'un seul nom est mentionné, il s'agit d'un moine, connu sous son patronyme religieux. Les prénoms féminins terminés en « ni » désignent une religieuse (Chiyo-ni : la nonne Chiyo). Les auteurs féminins sont signalés par un astérisque (*).

XVe SIÈCLE (auteurs de haikai-renga)

YAMAZAKI Sôkan, 1465-1553 (auteur de la première compilation de haikai-renga).

ARAKIDA Moritake, 1473-1549 (prêtre des sanctuaires shintô d'Ise).

XVIe SIÈCLE

ISHŪ (Matsue Shigeyori), 1596-1670.

YASUHARA Teishitsu, 1609-1673.
KITAMURA Kigin, 1624-1705.
IHARA Saikaku, 1642-1693 (célèbre romancier).
YAMAGUCHI Sodô, 1642-1716.
BASHÔ (Matsuo Bashô), 1644-1694 (son ermitage possédant un bananier, *bashô*, c'est sous ce pseudonyme qu'il devint célèbre).
SUGIYAMA Sampû, 1647-1732 (un des dix plus célèbres disciples de Bashô).
SAMBOKU, [?].
IKENISHI Gonsui, 1650-1722.
MUKAI Kyorai, 1651-1704 (un des dix plus célèbres disciples de Bashô).
KOSUGI Isshô, 1652-1688.
KONISHI Raizan, 1653-1716.
HATTORI Ransetsu, 1654-1707 (un des dix plus célèbres disciples de Bashô).
MORIKAWA Kyoroku, 1656-1715 (un des dix plus célèbres disciples de Bashô).
OCHI Etsujin, 1656-1730.
UESHIMA Onitsura, 1661-1738.
TAKARAI Kikaku, 1661-1707 (un des dix plus célèbres disciples de Bashô).
NAITÔ Jôsô, 1661-1704 (un des dix plus célèbres disciples de Bashô).
SAKAI Yamei, 1662 [?]-1713 (disciple de Bashô).
TACHIBANA Hokushi, 1665-1718 (un des dix plus célèbres disciples de Bashô).
OGAWA Shûshiki*, 1669-1725.

XVIIIe SIÈCLE

SHIRAI Chôsui, 1700-1769.
YOKOI Yayû, 1702-1783.
CHIYO-NI* (Kaga no Chiyo), 1703-1775.
TAN Taigi, 1709-1771 (disciple de Buson).
BUSON (Yosa Buson), 1716-1783.
ÔSHIMA Ryôta, 1718-1787.
ÔTOMO Oemaru, 1719-1805.
TAKAKUWA Rankô, 1726-1798.
KUROYANAGI Shôha, 1727-1771 (disciple de Buson).
MIURA Chora, 1729-1780.
SEIFU-NI* (Enomoto Seifujo), 1732-1814.
KATÔ Gyôdai, 1732-1792.
KAYA Shirao, 1738-1791.
TAKAI Kitô, 1741-1789 (disciple de Buson).
NATSUME Seibi, 1749-1816.
TAGAMI Kikusha-ni*, 1753-1826.
IWAMA Otsuni, 1756-1823.
RYÔKAN, 1758-1831 (moine zen et calligraphe).
ISSA (Kobayashi Issa), 1763-1827.

XIXe SIÈCLE-XXe SIÈCLE

NAITÔ Meisetsu, 1847-1926 (disciple de Masaoka Shiki).
UEDA Chôshû, 1852-1932.
MURAKAMI Kijô, 1865-1938.
NATSUME Sôseki, 1865-1915 (célèbre romancier, disciple et ami de Masaoka Shiki).
SHIKI (Masaoka Shiki), 1867-1902 (père fondateur du haiku moderne).
OZAKI Kôyô, 1867-1903.
KÔDA Rohan, 1867-1947.
KAWAHIGASHI Hekigotô, 1873-1937.

Takahama Kyoshi, 1874-1959 (disciple de Masaoka Shiki).
Ôtani Kubutsu, 1875-1943.
Aoki Getto, 1879-1949.
Nagai Kafû, 1879-1959 (célèbre romancier).
Ôsuga Otsuji, 1881-1920.
Kubota Kuhonta, 1881-1926.
Taneda Santôka, 1882-1940.
Watanabe Suiha, 1882-1946.
Imaizumi Ugai, 1883-1951.
Maeda Fura, 1884-1954.
Ozaki Hôsai, 1885-1926.
Iida Dakotsu, 1885-1962.
Hara Sekitei, 1886-1951.
Nakatsuka Ippekirô, 1887-1946.
Hayashibara Raisei, 1887-1975.
Sugita Hisajo*, 1890-1946.
Akutagawa Ryûnosuke, 1892-1927 (célèbre romancier).
Yoshida Tôyô, 1892-1956.
Mizuhara Shûôshi, 1892-1981.
Takano Sujû, 1893-1976.
Kuribayashi Issekiro, 1894-1961.
Aioigaki Kajin, 1898-1986.
Hashimoto Takako*, 1899-1963.
Mitsuhashi Takajo*, 1899-1972.
Yokoyama Hakkô, 1899-1983.

XXe SIÈCLE

Kawabata Bôsha, 1900-1941.
Nagata Kôi, 1900-1997.
Hino Sôjô, 1901-1956.
Akimoto Fujio, 1901-1977.
Nakamura Kusatao, 1901-1983.
Yamaguchi Seishi, 1901-1994.
Tomizawa Kakio, 1902-1962.

Hoshino Tatsuko*, 1903-1984.
Hashi Kanseki, 1903-1992.
Katô Shûson, 1905-1993.
Hirahata Seito, 1905-1997.
Shinohara Hôsaku, 1905-1936.
Suzuki Masajo*, née en 1905.
Nakadai Shunrei, né en 1908.
Sôma Senshi, 1908-1976.
Takaya Sôshû, 1910-1999.
Kono Nankei, 1913-1995.
Watanabe Hakusen, 1913-1969.
Furusawa Taiho, 1913-2000.
Kitano Tamio, 1913-1988.
Kinoshita Yûji, 1914-1965.
Toyama Chikage, né en 1914.
Hori Ashio, 1916-1993.
Takagi Haruko*, 1916-2000.
Nomiyama Asuka, 1917-1970.
Sawaki Kin'ichi, 1919-2001.
Mori Sumio, né en 1919.
Kaneko Tôta, né en 1919.
Ueno Yasushi, 1919-1974.
Nozawa Setsuko*, 1920-1995.
Takashima Shigeru, 1920-1999.
Mitsuhashi Toshio, 1920-2001.
Iida Ryûta, né en 1920.
Ishida Tôsei, né en 1920.
Uemura Sengyo, 1921-1996.
Iijima Haruko*, 1921-1996.
Wada Gorô, né en 1923.
Takayanagi Shigenobu, 1923-1983.
Hatano Soha, 1923-1991.
Hayashida Kineo, 1924-1998.
Kubota Keiko*, née en 1925.
Abe Kan'ichi, né en 1928.
Kakimoto Tae*, née en 1928.

SAITÔ Umeko*, née en 1929.
NAKAGAWA Isao, né en 1929.
TAKAHA Shugyô, né en 1930.
KAWAHARA Biwao, né en 1930.
HIROSE Naoto, né en 1930.
HARA Yutaka, né en 1931.
NAGASHIMA Yasuko*, née en 1931.
HIRAMATSU Yoshiko*, née en 1932.
HOSHINAGA Fumio, né en 1933.
SUZUKI Akira, né en 1935.
FUYUNO Niji*, 1943-2002.
KIMURA Toshio, né en 1956.
YOTSUYA Ryû, né en 1958.
SUMITAKU Kenshin, 1961-1987.

INDEX ALPHABÉTIQUE DES AUTEURS

AUTOMNE

HIVER

DOSSIER

Dans la même collection

ANTHOLOGIE DE LA POÉSIE JAPONAISE CLASSIQUE. *Édition de Gaston Renondeau.*

ANTHOLOGIE DE LA POÉSIE CHINOISE CLASSIQUE. *Édition de Paul Demiéville.*

Ce volume,
le trois cent soixante-neuvième
de la collection Poésie,
a été composé par Interligne et
achevé d'imprimer sur les presses
de l'imprimerie Bussière à Saint-Amand (Cher),
le 21 décembre 2006.
Dépôt légal : décembre 2006.
1er dépôt légal dans la collection : décembre 2002.
Numéro d'imprimeur : 62371.
ISBN 978-2-07-041306-5./Imprimé en France.

149531